詩集　一本足の少女

村岡 由梨

七月堂

一本足の少女

序

けれど、私はこのままでは終われない。
白く激しく燃えるような
辺りいっぺんを激しく焼き尽くすような
作品を作るまでは。

出し尽くす。焼き尽くす。
自分の命を最後の一滴まで絞りだす。
私は、ひとりの表現者として生き切りたいのだ。

目次

カバー装画＝鈴木眠
P.97＝著者による13歳当時の自画像

一本足の少女

お葬式ごっこ

ねえ、ママさん。
今日わたし、ネズミの死骸を見つけたんだ。
だから、ビニール手袋を買って、
それをはめて、死骸を持って、
神社の木の根元に穴を掘って埋めたんだ。
パパさんは
「バイキンがついてるかもしれないから、気を付けなさい。」
って少し嫌がってたけど。

それからお花屋さんへ行って、

「死んだネズミにお供えする小さな花束を下さい。」
って言ったら、店員さんは少しびっくりしたような顔をしたけど、
かすみ草と1本の赤いガーベラで、小さな花束を作ってくれた。
その花束を、ネズミを埋めた木の根元に供えました。
死んだネズミの口元が、
猫のサクラの口元に少し似ていたよ。

大好きなサクラを愛おしそうに撫でながら、眠《ねむ》は言う。
「うちにいる3匹の猫を掻っ捌く夢を見たの。
猫は肉食動物なのに、草食動物みたいに消化器がいっぱいあった。
ふふふ、可笑しいでしょ？」と屈託なく笑っている。

何かを失ったことってある？
何かを悲しいと思ったことある？

もし今サクラが死んでしまったら、どう思う？
私が矢継ぎ早にそう聞くと、眠は朗らかに笑いながら言った。
「サクラが死んだことなんてないんだから、わからないよ！」

ねえ、ママさん、
もし今ママさんが死んだら、私に悲しんで欲しい？
いたずらっぽく笑って、眠が言う。
私は少し考えて、無理に悲しまなくていいよ、と答えた。
私の嘘つき。

でもね、時々眠のことがわからなくなるよ。
眠の心の中にある、暗くて黒い冷たい渦に飲み込まれるような気がして
心の芯からゾッとするの。
そしてどうしようもなく惹かれるの。

ねえ、本当の親子ごっこをしようよ。
あなたは、私の想像なんてはるかに超えている。
本当に賢い人だね。

私が、そう言うと
眠は「ほめないで」と気色ばんで反論する。
ほめられたくない。
ほめられると、心が冷たくなる。
わたしを全力で否定して欲しい。
わたしが大嘘つきだって、認めてほしい。
わたしは、わたしの本質を本当に理解して、
わたしを否定してくれる人が欲しいの。

ママさんは、全然わかってない。
ママさんは、全然わかっていない。
わかったような気でいないで。
わかったような詩も書かないで。

ボディステッチ

手のひらに刺繍しようと思って、
100円ショップで縫い針と赤い糸を買った。
深夜2時、家族が寝静まった頃、
手のひらの皮膚の、血が出ない痛みもない
ギリギリの深さまで針を刺して、すくいとる。
プツップツッと繰り返す。
きれいな模様にしたいけど、
なかなか思い通りにいかない。
すごく惨めだけど、
きれいな赤だな、と思った。

朝が来て、私は
手のひらを握って、
誰にも見られないよう「作品」を隠した。どうせ
「痛そうだね。」ってしかめっ面されたり、
「大丈夫?」って良い人ぶられたり、
「きれいだね。」ってわかったような口をきかれたりするだけ。
人って目に見える傷にしか気付かない。

だんだん赤い糸が引きつって、こんがらがって、
イライライライラする。
私の中のイライラとムズムズが
赤く盛り上がって白く膿む。
おでこ、鼻、あごの下。

頬にできたニキビは、
特に最悪で、
私を絶望させる。打ちのめす。
針の先っぽを、なかなか治らないニキビに刺したら、
白い膿がプツッと出た。

何度も何度も擦り切れるほど顔を洗っているのに
なかなかニキビが治らない。
これは私の数々の悪行に対しての、神様からの罰なのかな。
いちいち言われなくても、わかってる。
誰にも見られたくない。私を見ないで。
私が鏡を見る度にどれだけ苦しんでいるか
お前らなんかにわかってたまるか、と心底思う。
幸せそうな笑顔の奴ら、みんな消えていなくなればいい。

中学の卒業アルバムなんて、とうの昔に捨ててしまった。
一人だけ背景の違う、歪に顔を歪めた顔写真なんて。
どこまで残酷なの。どこまで私を苦しめるの。

赤い糸が絡まる　絡まる　ほどけない　助けて
糸をひく入れ歯。悪臭のする陰部。汗ばんだ手。
日常の些細な事柄が、
あまり気持ちの良くない思い出を引きずり出す。
私たちのせいで捕まった、哀れな男性のロッカーを開けたら、
裸のリカちゃん人形の写真がいっぱい出てきたんだって。
逃げられないように、
みんな両脚を切断されてたんだって。

思い出さないようにじゃなく、
思い出しても大丈夫になるために、
精神科に通う。薬を飲む。
先生、私に赤い薬をください。
両脚を失くした私は
汚い思い出から、なかなか逃げきれない。
数少ないきれいな思い出は、
誰にも知られないようにノートに書き留めて
枕の下に隠した。
誰にも知られたくない痛みは
カッターで太ももに赤く刻んで、
スカートの下に隠した。

夜、街を彷徨っていたら、
赤ん坊の叫び声みたいな
皮膚を切り裂くような音がキーンと聞こえて

夢を見た。
お風呂場で手首を切って
真っ赤な血がどんどん広がって
止まらなかった。
真っ赤な浴槽に浸かって、一人で泣いていた。
誰も私のことなんか気にかけない。
誰も助けに来てくれない。
そんな夢だった。

水洗トイレに座って、

赤い経血が一筋、滴り落ちるのを見た。
一本の赤い糸が便器の水たまりの中で
ゆっくりほどけて広がっていくみたいで
とてもきれいだった。

糸を縫い付けた手のひらが痙攣して、少し疼く。
明日になったら、針を刺したところから
少しずつ膿み始めるだろうな、と思う。

ひどく膿む前に
縫い付けた糸を抜いてしまう前に、
刺繍した手のひらを
本当は誰かに見て欲しかったな、
なんてね。

笑えないよ。
バカみたい。
最悪。最悪。最悪。

死と、ひまわり

このところ、毎晩上原へ行って、
御年85歳の志郎康《しろうやす》さんのオムツを交換する。
まずベッド脇にあるポータブルトイレに座ってもらって、
デンタルリンス入りの水で口をゆすいでもらい、
アローゼンという便通の薬を1g服用してもらう。
それが終わったら、熱めの蒸しタオルで、顔↓背中↓手の順に清拭する。
背中を拭くと、志郎康さんはいつも「ああ、気持ちがいい」と言う。
そして陰部と臀部に薬を塗り、
日中用のリハビリパンツではなく、
就寝用のテープ式オムツをあてて、ベッドに寝かせて、帰る。

毎日同じことの繰り返し。

「人が生きるって何だろう。死ぬってどういうことだろう。」

そう思い詰めた私は、志郎康さんに
どうして長生きしたいのか、聞いてみたことがあった。

志郎康さんは、

「世界がどう変わっていくか、まだ見ていたいから。」

と、少しも迷わず真っ直ぐに答えてくれた。

その日の夜は嵐だった。
嵐の日でも、上原へ行かなければならない。
びしょ濡れになりながら、急いで自転車を走らせていたら、
道のど真ん中にネズミの死骸があった。

突如目の前に現れた「死」に、私は戦慄した。
ネズミの頭は潰れていて、頭の周りに血がまあるく広がっていた。
雨に濡れたアスファルトに
黒くて虚ろな穴がぽっかり開いて、
今にもネズミの死骸をパクリと食べようとしているみたいだった。

ある晴れた日の夕方、上原から、自転車で東北沢へ。
志郎康さんの薬を受け取りに、駅前の薬局へ行った。
再開発が進む東北沢の駅前の変化には驚くばかりだった。
いつの間にかロータリーのようなものも出来上がっていた。

薬局で薬が出来上がるのを待っていた私は、ふと
東北沢の駅前のマンションに住んでいた、
トミコさんのことを思い出した。

トミコさんは、変わっていく東北沢の風景を最後まで見届けることなく、
２０１８年、94歳で亡くなってしまった。
志郎康さんの言うところの、
「世界が変わる」ってこういうことなのかと、
何だか腑に落ちたような気がした。

そこにあったものが無くなること。
そこにいた人が、いなくなること。
そこに無かったものが、現れること。
そこにいなかった人が、生まれること。
そんな風に世界は呼吸して、日々生まれ変わっているのか。
でも、嵐の夜に見たネズミの死骸は
もはや跡形もなく無くなっていて
ネズミなんて元からいなかったかのように、

いつか私も嵐の夜、頭を潰されて雨に流されて
誰に知られることもなく
ぽっかりと口を開けた死に飲み込まれて
ひっそりと消えて無くなるのか。

それでも、

「若さゆえの希望」

それだけで、死は鳴りをひそめてしまう。

娘の眠《ねむ》は、16歳の誕生日にひまわりの種をもらったので
早速大きな鉢に植えて、熱心に世話をし始めた。

「どうしてひまわりの種が欲しかったの？」

そう尋ねたら、眠は
「空に向かって真っ直ぐに伸びていくのを見たいから。」

と、少しも迷わず真っ直ぐに答えた。

85歳の志郎康さんと、16歳の眠。
決して希望を捨てず
何事もまずは受け入れる、
やわらかな思考の志郎康さん。
太陽の光を存分に浴びて
変わりゆく世界を真っ直ぐに見つめる、
ひまわりと眠。

どうか私を置いていかないで、世界。
ふたりの「真っ直ぐ」を私にもください。
そして「死」を壊したその先にある
その先の先にある「世界」の変化を
私も生きている限り見届けていても、いいですか。

眼球の人

大人たちは、少女の私を見る度に、
「無邪気で愛らしい」と言ってくれた。
皆の愛のこもった視線の先にいるのは、いつも私だった。

バイオリンのお稽古へ向かう電車の中で、
向かいに座った不潔で醜い男が、私のことをじっと見ていたので、
私はスカートの下の両脚を少しずつ開いて、男を見つめ返した。
男が、私の股の間を凝視する。
男は、股の間のその先にある〝もの〟を欲しがっている。
それは、熱を帯びた私の邪悪な眼球だ。

穢れた水を湛えた眼球だ。
男の穢れた視線と私の邪悪な視線が絡み合って、
しっとりと下着が冷たくなるのがわかった。

しばらくして停車駅に着いたので、
私は何事も無かったように電車を降りた。
何食わぬ顔をして、バイオリンの先生の家に向かいながら、
さっきの男と駅の公衆便所で事に及ぶことを想像して、
私の眼球は破裂寸前だった。

自転車のサドルで
階段の角で
あらゆる方法で、
幼い私は快楽を貪った。

行為の最中、私の虚ろな眼球は、一体何を見ていたのだろう。
そして今、ホンモノの真っ当な行為を終えて、
裸でベッドに横たわる自分を
深く恥じ入っている。
幾度もの快楽を経て、二人の子供を身ごもったことを
後ろめたく思っている。
ベッドのある部屋には、私のポートレートがいっぱい飾られていて、
たくさんの私が、無言で、じっと、私を見ている。
暗闇で、私を見つめる、私　私　私。
「あなたはきれいだよ。」と言ってくれることもあれば
「この穢らわしい悪魔！」「死んでしまえ！」と言われることもある。
その中には眠《ねむ》が描いてくれた私のポートレートもあって、
「ママさん、ママさん。」と優しく呼ぶ声がする。

顔の中心に線を入れると、
半分は優しい母親の顔
もう半分は邪悪な顔。
私の邪悪な顔を知ってもなお、眠は
私の母親としての顔を、変わらず信じてくれるだろうか。

2021年5月31日。
眠は、私たちから遅かれ早かれ決別をすることを宣言した。
「ママさんやパパさんはどうしてそんなに私を苦しめるの」
私の中の眠が、真っ赤な涙を流して泣き叫んでいる。
母親すなわち私の視線が交錯する部屋で苦しむ私から
逃れたいのもあるだろう。

逃げて逃げて行き着く先が空っぽだとしても、
もうそこに私たちはいない。
自由だ。

私は、眠の若さに嫉妬する。
そして、そう遠くない未来に、
眠が私の手から離れていくことに、
思いがけず動揺している。

今はまだ、私たち家族のために
かき氷機でかき氷を作ってくれる優しい眠。
赤いシロップをかけて「はい、どうぞ」と、はにかむ眠。
氷が溶けて、ぬるくなった赤いシロップがたゆたう。

かき氷機の鋭い刃がキシキシと光って、触れるのをためらう。
私たちが知らない場所で、
誰が「かき氷機の鋭い刃で手を切らないようにね」と
眠に言ってくれるだろうか。
私たちの知らない場所で、
手を切って怪我をしてしまうかもしれない。
真っ赤な血を流すかもしれない。
誰が傷付いた眠を手当てしてくれるのだろうか。

先日、眠が16歳の誕生日に種を蒔いたひまわりが花を咲かせた。
芽吹いたひまわりは、私の身長を超え、
あっという間に野々歩《ののほ》さんの身長も超えたのだった。

曇天が続く中、懸命に太陽の光を求めて咲いたひまわり。

黄色い睫毛の、渇いた大きな眼球だ。
生きようとする切実な眼差しだ。

眠と私の視線が初めて交錯した日を思い出す。
生まれたばかりの眠が、
白い産着を着せられて、
保育器の中からじっと、私を見ていた。
「ママ、ママ。」と言ってヨタヨタと歩く眠の視線の先にいたのは、
紛れもない母親の私だった。
あの頃、私の視線の先にいたのは、いつも眠だった。

歳を重ねた今、手の中でコロコロと持て余していた
2つの邪悪な眼球を思い切り握りつぶしたら、
中から清廉で透明なゼリーが溢れ出てくるだろう。

ひまわりの花を見上げて
自分を恥じないで生きていいのだと、
私は私に言い聞かせる。
ひまわりがこんなにも美しくて切実な花だと、眠が教えてくれた。

私は、スクリーンに映る私と対話する

私は、人間をやめた人間だった。
私は、死んだ小鳥の化身だった。
私は、金色《こんじき》の神だった。
私は、7色のビンの精だった。
私は、白黒のキャンバスだった。

私は、分娩台にのった処女だった。
私は、傷ついた少女だった。
私は、母親だった。
私は、3色の立方体だった。
私は、瀕死の猫だった。
私は、私の過去を燃やしてしまった。

小さな上映会場の一番後ろの席で、
娘の花《はな》が泣いていた。
スクリーンに映る私（たち）の物語を見て、
薄暗闇の中、小刻みに肩を震わせて
花が、泣いていた。

14歳になった、花《はな》へ

14歳のお誕生日に、
おばあちゃんから贈られた
チャコールグレーのロングワンピースを着て、
ママがプレゼントした黒のブーツを履いて、
パパがプレゼントしたベージュのポシェットを首から下げて、
みんなでお祝いに外食したね。
ポシェットの中には、眠《ねむ》が一生懸命選んで買ってくれた
ピンク色のお財布が入っていた。
すごく大人びた姿だったけれど、履きなれないブーツのせいで、
靴擦れを起こして、帰り道は辛そうだったね。

その後、ママと夜の公園を散歩した。
昔あったジャングルジムも、鉄棒も無くなってしまった公園で、
「鬼ごっこしたいなあ。」と呟く君。
君がズボンを真っ黒にして駆け回っていた頃とは
もう随分変わってしまった。
公園も、君のからだも。
私たちは、しばらく何も言わずに、夜の公園を歩いたね。

眠と君は姉妹で、
とても仲の良い姉妹で、
いつも子犬のようにじゃれあっているけれど、
一方が元気で、もう一方が元気じゃない時もある。
そんな時、パパやママの気持ちは、

元気じゃない方に傾いてしまう。
人間のからだや気持ちを平等に半分にするのは、すごく難しい。
右半身と左半身
上半身と下半身
前半分と後ろ半分
眠と君、両方に、平等に、
からだと気持ちを与えたいけど
そうはいかない、すごく難しい時があるんだ。
そのせいで、
「誰もわかってくれない」
君がそんなさみしい気持ちになって
落ち込んで、
ベッドで一人ぼっちで泣いている時もあるかもしれない。
ほんとうに、ごめんね。

時々、パパや眠や君が待つ家に帰ることが
不思議に思える時があるよ。
家に帰ってきても、
誰も「おかえり」と言ってくれない、
一日の労をねぎらってくれない、
世の中にはそんな孤独な人もたくさんいるというのに。

14年間、苦しくて人知れず泣いた日がたくさんあったでしょう。
でも、君が生きて呼吸をしているだけで
ママは幸せです。ほんとだよ。

ありがとう。そしてごめんなさい。
君の死にたいほどの苦しみから、

今まで逃げてばかりだった。けれど
ママにとって君は誰よりも大切な人で、
何があっても君は君だと信じているよ。
きれいすぎる言葉が、真実とは限らないから、
安易な言葉で、君の気持を慮りたくない。

生まれたての君を胸に抱いた時から、
ママと君の人生の歯車が回り始めた。
「誰にも愛されていない」だなんて。
君が生きているということが、
ママの生きている理由。

お誕生日おめでとう。
なりたい自分になる為の努力を惜しまず、

瑞々しい変貌を遂げていく君。
ママにとって君は、外界へ通じる扉。
いつも新しい景色を見せてくれて、ありがとう。
これからも、ずっとよろしくね。

ママより

No.46

人に優しく
きょうだい仲良く
お年寄りを大切に
そんな当たり前のことが出来ずに、
人を殺すためのナイフを持ったまま
私は母親になってしまった。
友達を殺して
母を殺して
きょうだいを殺して
夫を殺して

娘たちを殺して
気が付けば、ひとりぼっちになっていた。
そして、あれほどまで焦がれて掴み取った孤独を、
両手いっぱいに持て余していた。

コントロール出来ない怒りと苛立ちで、
不愉快な人間の内臓が入った白いビニール袋を
思い切り床に叩きつけた。
ビニール袋は、中途半端な手応えで
だらしなく破裂して
肉片は方々に飛び散り、
私は血まみれになった。
不愉快な穢れた血。
もう耐えられない。

お願いだから、死んでくれ。
お願いだから、殺してくれ。

「そんなに死にたければ、ひとりで死ね。」

私が詩を書くのは、
まっとうな人間になりたいからです。

今も昔も
平気で人を傷付けて、
周りを不幸に巻き込みながら、
現在進行形で、わたしは生きている。
そう言いながら、
「あなたは悪くない。」

という言葉をどこかで期待していた
狡い私は、こうして46番目の詩を書いた。

いつだったか、ゾウの親子の夢を見た。
優しい眼をした母ゾウが、
子ゾウに赤紫色のさつまいもを食べさせていた。
生まれ変わったらゾウになりたい。
そうすれば、誰も憎まずにすむから。

花《はな》と白《しろ》まろ

娘の花が泣いている。
ゴマフアザラシのぬいぐるみの白まろを抱いて、
その細い体で、
まるで世界中の悲しみを抱え込むように、
十四歳の少女が泣いている。

テレビの向こうでは、
子を亡くした母親が真っ赤な涙を流している。
声高に「正義」を叫んで、英雄になりたがる人達。
それを無責任に讃える人達。

いつからか、美しい芸術作品に触れて
涙を流すことすら憚られる世界になってしまった。
新聞の枠の外でも、毎日沢山の涙が流れているというのに、
私たちは
「白まろ、すっかり汚れちゃって黒まろになっちゃったね。」
と笑って、他愛ない話をしている。

不意に花が、座っている私を抱きしめた。

「すごい、心臓がドクンドクンいってる。」

私がそう言うと、「だって生きてるんだもん。」と花が言った。

白まろを洗って、花が抱いて眠って、また汚れて…

その汚れが無性に愛しくなるのはなぜだろう。


「だって生きてるんだもん。」

悪魔の子

悪魔のような声をあげて嘔吐する母を見ていた。
まるで口から何かが産まれようとしているみたいだった。

運び込まれた病院の、救急外来の待合室で私は、
看護師から、母が身につけていたエプロンを渡された。
石鹸の、清潔な香りがするエプロン。
母の香りだった。
ポケットには、飴玉と常備薬とティッシュと口紅。

しばらくして、看護師に付き添われた母が、

おぼつかない足取りで、廊下の向こうから歩いてきた。
いつもきちんと髪を結い上げ、
きれいな身なりをしている母の
やつれた姿を見て、私は、
幼い子供を見るような気持ちで、
母のことを愛おしく思えた。
いつか母を荼毘に付す時、
「狭いところは絶対に嫌」と怯えていた母を
幼子のような母を、
私は、竈に入れて焼くことなどできるのだろうか。

その日の深夜、母と二人で家へ帰った。

その日以来、母はすっかり弱り切り

ほとんどものを食べなくなった。
ある夜、私の携帯に母から連絡が入り、
これから風呂に入るのだと言う。
そして「一緒に入ろうか」と言われたので
そうすることにした。

着替えと洗顔フォームと保湿クリームを持って
母屋の洗面所へ行くと、
すっかり痩せた母が、弱々しく立っていて、
「あなたには全部見せておきたい」
と言った。
日頃から美醜に対する強い執着心を持っている母が
そう言ったものだから、
私は思わず身構えた。

まず母は全部の歯を外して見せた。
彼女が一番多感だった頃の親の無関心で
自分の歯が一本も無くなったということは
何度か聞いて知っていたけれど、
歯を全て外した姿を見るのは初めてだった。
次に、母は裸になって、
幼い頃に全身ヤケドを負った痕を見せてくれた。
胸の下の肌が赤く引き攣れていた。
眠る時にすら口紅を引くことを欠かさない母だ。
自分の皮膚が醜くただれたことが、
どんなに辛かったことだろう。

私たちは一緒にお風呂に入って、

母は、私の髪を洗ってくれた。
顔も体も、よく石鹸を泡立てて
泡で優しく包み込むように洗うの。
そうして最後冷水でひきしめる。
そうすれば美しくなるから。
もっともっと美しくなるのよ。
そして、そのやり方を
自分の娘たちにも伝えるの。
わかった？
母はそう言った。

私は、今まで母の何を見てきたのだろう。
私の記憶では、母の乳首の色はもっと濃かった。
けれど、実際はもっと肌色に近い茶色で、

子に吸われ、男に吸われ尽くして、
疲れ切った乳首がそこにはあった。

母は激しい性格の人だ。
母のことを悪魔のように憎んで恨んでいる人は大勢いるだろう。
でも、私は母を憎みきることなどできない。
私のことを命がけで生んで、
姉と私と弟を女手一つで育ててくれた人だ。
清濁併せ呑んで愛することしか出来ない。

私は小さな頃から壁を見るのが好きだった。
暇さえあれば、いつも壁を見て没入していた。
壁の前にじーっと立っている私を、
母は無理矢理やめさせようとはしなかった。

今日も私は壁を見ながら眠るだろう。
私は壁を見ているけれど、
壁が私を見ることはないから。
母が死んだら、私は母の遺体をじっと見つめるだろう。
私は母を見ているけれど、
母が私を見つめることは、もうないのだろうから。

少女達のエスケーピング

ある夏の日、娘の眠《ねむ》は、
いつも通り学校へ行くために
新宿行きの電車に乗ろうとして、やめた。
そして何を思ったのか、
新宿とは反対方向の車両に、ひらり
と飛び乗って、多摩川まで行ったと言う。
私は、黒くて長い髪をなびかせて
多摩川沿いを歩く眠の姿を思い浮かべた。
そして、彼女が歩く度に立ち上る草いきれを想像して、
額が汗ばむのを感じた。

それから暫くして、今度は次女の花《はな》が、
塾へ行かずに、ひらりと電車に飛び乗って、
家から遠く離れた寒川神社へ行ったと言う。
夕暮れ時の寂れた駅前の歩道橋と、
自転車置き場と、
ひまわりが真っ直ぐに咲く光景を、
スマホで撮って、送ってくれた。
五時を知らせるチグハグな金属音が
誰もいない広場で鳴り響いていた。
矩形に切り取られた、花の孤独だ。

日常から、軽やかに逸脱する。
きれいだから孤独を撮り、
書きとめたい言葉があるから詩を書く。

そんな風に少女時代を生きられたのだったら、
どんなに気持ちが清々しただろう。
けれど私は、歳を取り過ぎた。
汗ばんだ額の生え際に
白髪が目立つようになってきた。

夏の終わり、家族で花火をした。
最後の線香花火が燃え尽きるのを見て、
眠がまだ幼かった頃、
パチパチと燃えている線香花火の先っぽを
手掴みしたことを思い出した。
「あまりにも火がきれいだったから、触りたくなったのかな？」

と野々歩《ののほ》さんが言った。

きれいだから、火を掴む。
けれど、今の私たちは、
火が熱いことを知っている。
触るのをためらい、
火傷をしない代わりに、私たちは
美しいものを手掴みする自由を失ったのか。

いや、違う。
私はこの夏、
少女達の眼の奥の奥の方に、
決して消えることのない
美しい炎が燃えているのを見た。

誰からの許可も求めない。
自分たちの意志で
日常のグチャグチャから
ひらりとエスケープする。
そんな風に生きられたら
そんな風に生きられたのなら、
たとえ少女時代をとうに生き過ぎたとしても
私は。

それゆけ、ポエム。

手元に見慣れない紙がある。

「死亡診断書」

「鈴木康之」

「（ア）直接死因　腎盂腎炎」

「（イ）（ア）の原因　前立腺癌」


どうしよう。

志郎康《しろうやす》さんが亡くなってしまった！


思えば亡くなる2日前、奇妙な夢を見たんだった。

赤ちゃんになった志郎康さんを、
老齢の麻理さんがフラフラと手招きして
「これが最後だから。」と言って、抱き寄せようとする夢。
そんな最愛の人を残して、
一足先にエスケープしてしまった志郎康さん。
大好きなバニラ味のハーゲンダッツみたいに
溶けて無くなってしまった。

ハーゲンダッツといえば、
子供のように駄々をこねるヤスユキさんだ。
便通の良くなる粉薬を飲ませると、
「苦い苦い苦い苦い苦い、
ニーーガーーイーーヨーーー！！！！」
「アイス　アイス　アイスアイスアイスアイス！！！！」

思わず「うるさい！！！」と一喝したくなるけれど、
そこは我慢。冷凍庫からハーゲンダッツを出してきて、
スプーンで一口二口と食べさせる。
そうするとヤスユキさんは大人しくなる。
ご機嫌なヤスユキさん、悪いヤスユキさん、
しょうもないヤスユキさん、
父親としてのヤスユキさん、祖父としてのヤスユキさん。
色々なヤスユキさんがいて、いっぱい翻弄された介護の日々。
でも、どんな時でも、帰り際の握手は忘れなかった。

梅雨頃からだんだん体調が不安定になり始めて、
夏の途中から食欲も顕著に落ちていった。
傾眠傾向が強く、いつも眠っている状態だった。
でも、時々「！”＃＄％＆’（）＝～｜」と言うので

注意深く聞いてみると「孫たちは元気?」とか
「今日は由梨ひとりで来たの?」とか
こちらを気遣う言葉ばかりだった。

亡くなる前日、救急車に同乗して
ずっと手を握っていた。冷たい手だった。
耳が遠いので、耳元で「由梨ですよ」と言っても
「うー」としか言わなかった。

それっきりシロウヤスさんの口から
「言葉」が出ることは無かった。

斎場の霊安室でシロウヤスさんの遺体と対面した時、
まるで作り物のゴム人形のようだったけれど、

トレードマークの度の厚いメガネをかけたら、
ゴム人形は、シロウヤスさんになった。
でも、これが、シロウヤスさんなのか。
シロウヤスさん、本当に死んじゃった。
シロウヤスさん、本当に死んじゃったんだ。
そう言って泣くことしか出来なかった。

私が作品を作れずに苦しんでいる時、
「とにかく続けなさい」と励ましてくれた志郎康さん。
私の顔を見る度「詩、書いてる？」と言う志郎康さん。
その度に「書いてますよ！」と答えていた私。
逆に「志郎康さんはもう書かないんですか」って言って

赤い表紙のノートを1冊買って渡したら、
次の日、詩がポコっと生まれていた。
それがこの詩。

詩

鈴木志郎康

詩って書いちゃって、
どうなるんだい。

詩を書いてなくて、
もう何年にも、
なるぜ！

ノートを買って来てくれた
ゆりにはげまされて、
なんとかなるかって、
始めたってわけ。

それゆけ、ポエム。
それゆけ、ポエム。

ヤスユキさんはいなくなってしまったけど、
小さなシロウヤスさんはウジャウジャと世界中に広がっているみたい。

私も、詩を書き続けることを誓います。
いつかまた、「詩、書いてる?」って聞かれても大丈夫なように。

陸橋を渡る

２０２２年11月某日 火曜日。
15時00分頃、仕事の帰りに自転車で、
世田谷代田・宮上陸橋を渡る。
朝ポツポツと降っていた小雨は止んでいた。
曇天。
人も車もさほど多くない。
ふと、この陸橋を通る時の気持ちや日々のあれこれを
言葉にして記録してみようと思い立つ。

仕事から帰って、風呂場やトイレ、水回りの掃除。
夕飯に、たらこスパゲティを作る。
他に、ブロッコリーのソテー、
アボカドとスモークサーモンのサラダ。
娘たちは、「おいしい」と言って完食。
私が台所に立っている隙に、
花《はな》が私のスパゲティにたくさんのレモン汁をかけるというイタズラをする。
私は、花のそういうところが好き。
これから、久しぶりに自分で髪を洗おうと思う。
ここのところ、ひどい鬱で自分で洗うことが出来ず、
野々歩《ののほ》さんが週1ペースで洗ってくれていた。

花は明日から期末テストで、懸命に勉強に励んでいる。

母屋で、母と弟が言い争っているのが聞こえた。

【2022年11月5日 土曜日】
上原で、旧知の仲の税理士さんや司法書士さん、草多《そうた》さん、野々歩さん、私で、志郎康《しろうやす》さんの相続の話や、今後どうするかなどの話をする。義母の在宅介護がこの先ずっと続くのかと思うと、絶望感で目の前が真っ暗になった。この日を境に、精神的にも身体的にも今まで以上に追い詰められ、食事も喉を通らず、義母の顔や話し声がずっと私の頭の中をぐるぐると回るようになった。そんな中、這いつくばるように仕事へは行く。

【2022年11月9日 水曜日】
12時30分頃自転車で陸橋を渡る。
「自分が死んだら人に迷惑がかかる」

「自分が死んだら人に迷惑がかかる」
と念仏のように唱えながら、何とか渡りきる。

15時00分頃、桜上水での仕事を終え、
駐輪場で遺書を書く。
眠《ねむ》と花へ
野々歩さんへ
母へ
弟へ
姉へ
Mさんへ
Aさんへ
さとう三千魚《みちお》さんへ
さとうさんのおかげで、

詩や絵画などの素晴らしい才能を持った方々との交流がうまれた。
さとうさん、ありがとうございました。

遺書を書き終え、やっとの思いで自転車を漕ぎ出す。
涙が止まらず、嗚咽が止まらない。
近くの日大の学生たちがびっくりしてこちらを見る。
名前のない大通りに出る。
どこまでも一直線にのびた道路。
終点の見えない不安で、
足がすくむ。
人もいない。
車もない。
私ひとりだった。
自転車を漕ぎながら、

子供のように声をあげて泣いた。
もう1ミリも先に進めない。
何度も立ち止まり、嗚咽する。

それでも何とか経堂のクリニックに着いて、
野々歩さんと川畑《かわばた》先生の顔を見て
また涙が止まらなくなる。
川畑先生に入院を勧められる。
仕事の都合もあり、入院はひとまず保留。
寝る前の薬が1種類増える。

帰宅後、国保連へのレセプト請求の仕事をする。

【2022年11月12日 土曜日】

午前中、花の中学校で学芸作品発表会。
3年生の合唱『大地讃頌』を聴いて胸が詰まる。
花がポスターコンクールで金賞をもらって、表彰された。

午後、体調の良くない眠に付き添って経堂のクリニックへ。
帰り、眠も私も少し気分が晴れて、
電車に乗って歩いて帰宅する。
時々、眠の手が私の手に触れる。
気持ちの良い天気だった。

19時からはzoomで詩の合評会。
今回提出した作品が思いの外ダメ出しを食らい、落ち込む。

その後、野々歩さんと上原へ。

【2022年11月13日 日曜日】

午前中東松原の仕事で行き帰り陸橋を渡る。
私がもし、今よりもっと、誰に対しても優しく思いやりの持てる人間だったなら、
私の周りの人たちは（きっと私自身も）苦しまずにすんだのにと思う。

今日の夕飯は、眠のリクエストでカレイの煮付けを作った。
私の隣に座っていた花は、一生懸命小骨を取って食べていた。
猫たちは気ままに過ごしていた。
昨日今日と、取り立てて何かあったわけではないけれど、
家族4人で過ごしたという、
ただそれだけの束の間の幸せを、

私は死ぬまでずっと忘れないと思う。

【2022年11月14日 月曜日】
午前中桜上水の仕事で行き帰り陸橋を渡る。
陸橋下の環七を
何台もの車が走っているのを
ぼんやりと見る。

野々歩さんが、
帰りが遅い私を心配して
何度も電話やメールをくれた。
その度に
「だいじょうぶだよ」

「もうすぐ家に着くよ」
とロボットのように繰り返した。

夕飯に、きつねそばを作った。
大根菜とお揚げと
ちくわの磯辺揚げをのせた。
ねむはな完食。

私の中の不穏を察知してか、
花が何度も抱きしめてくれる。
私もその細くてやわらかい体をきつく抱き締める。
いつまでこうして抱き締めることが出来るのだろう。

冷蔵庫の野菜室にある、きゅうり・玉ねぎ・にんじん・ピーマン・大根・生姜。

今、私が死んだら、野々歩さんはきっと料理をしないだろうから
この野菜たちは誰にも使われず、腐っていくんだろうな。

【2022年11月16日 水曜日】
川畑先生のカウンセリング。
私にとって、自殺は唯一の逃げ道で、
そのおかげで今、何とか自分を保っている、
精神病院に入ればその自由を奪われてしまう
という話。

【2022年11月17日 木曜日】
9時07分 陸橋通過 快晴

雪をかぶった白い富士山がきれいに見れた。
15時07分 陸橋通過
くもっていたので、富士山は見えないかなと思ったけれど、振り返ってみたらはっきり見えた。若い女たちがスマホでお互いを撮りあっているのを見て、激しく気落ちする。激しい希死念慮を抱えているのに、自転車の荷台に、その日の夕飯の食材をのっけているという矛盾。豆腐と根菜類をたっぷり入れたすまし汁とピーマンの肉詰めを作ろうとして。
あと、仕事用のカバンからヘアゴムが3つも見つかった。我が家は皆、髪の量がものすごく多いので、ヘアゴムをすぐにだめにしてしまう。

【2022年11月18日 金曜日】
17時07分 陸橋通過。日が暮れて、汚れたオレンジ色の昼空の名残に富士山の稜線がくっきりと浮かび上がっている。心身の不調が著しい。心も体もまるで自分のものでは無い

ような感覚。けれど胃の痛みはおさまらない。私が生きているという証?これからまた陸橋を渡って帰る。

【2022年11月21日 月曜日】

午前中の仕事を休む。母からのメールに打ちのめされる。午後臨時で、すがるような気持ちで川畑先生のカウンセリングを受ける。

【2022年11月22日 火曜日】

ふと、近頃母ときちんと話してないな、と思い母屋へ。30分ほどおしゃべりする。重い悩みでも、直接会って話せばいつのまにか大笑いしてしまう。いっぱい喋って、いっぱい笑った。胸に重くのしかかっていた不安が少し晴れた。

【2022年11月23日 水曜日】

雨。仕事で桜上水へ。ひどい目眩で吐き気もするけれど休むわけにはいかない。早めに時間を切り上げさせて頂いて、帰宅後倒れるようにベッドへ。目を閉じて、雨の音に耳を澄ます。ふと、家の屋根が、私達を雨から守ってくれている事に気が付く。いつも私達は何かに守られている。

【2022年11月25日 金曜日】

18時00分頃、自転車で陸橋を渡る。陸橋下の環七に連なる車のライトがきれいだった。立ち止まってスマホで写真か動画を撮ろうと思ったけれど、撮らなかった。今日は立ち止まりたくなかった。流れを止めたくなかった。今日はそんな気持ちだったことを、早く帰って大切な人達に伝えたかった。

【２０２２年11月27日 日曜日】

11時22分、陸橋通過。苦しい日が続いている。晴れた空や楽しそうに行き交う人達を見て、一方的に孤独を募らせる。「今も昔も平気で人を傷付けて周りを不幸に巻き込みながら、現在進行形で私は生きている。そう言いながら、『あなたは悪くない』という言葉をどこかで期待していた狡い私」

Yuri Muraoka / 村岡由梨 @YuriMuraoka · 2023年2月23日 ···

2月23日木曜日15:11、陸橋にて。ここ数日、１回１錠と決められている頓服を月曜8錠、火曜9錠、水曜10錠服用して激しい自壊衝動と闘っている。水曜のカウンセリングで「眠ちゃんや花ちゃんの為に死んじゃいけない」と何度も言われたけれど、そういう問題じゃない。最早そういう問題じゃないんです。

1 3 21 1,684

Yuri Muraoka / 村岡由梨 @YuriMuraoka · 2023年2月23日 ···

死んだから、娘たちを見捨てたとか愛してなかったとか、そういうことではないんです。嫁姑関係や家族の問題で長い間苦しみました。出来れば私の代で負の連鎖を断ち切りたかった。血ヘドを吐くほど人を憎むことに、疲れました。

1 1 16 568

Yuri Muraoka / 村岡由梨 @YuriMuraoka · 2023年2月23日 ···

私はこれまで12本の映画と1冊の詩集をつくりました。今はもう何も無い。何も無いです。私が消滅するように、これらの作品もいつか消えて無くなるでしょう。それでいいんだと思います。

1 1 15 523

肉

およそ二週間前に、義父が荼毘に付されました。
詩人だった義父の為に、
棺に詩集を何冊か入れました。
そして今、
私は目を閉じて、
火葬炉の中で詩人の身体が焼かれていく様を
心の中で何度も反芻しています。

激しい炎は、
詩人の詩集を焼き、詩人の肉も焼きました。

残ったのは、少しの骨と
金属製の人工股関節だけでした。

そんなことを思い出しながら私は、
今日も台所に立っています。
そして、焦がし過ぎないように、肉を焼きます。
夕飯に肉が出ると、育ち盛りの娘達は喜びます。
娘達が嬉しそうに
食べる姿を見るのは、気持ちが良いです。
けれども私は肉を食べません。私は
肉を嬉々として食べる女が嫌いなのです。
それなのに、次女がお腹にいた時、
無性に肉を貪りたくなりました。
尖った犬歯で肉を引きちぎり、

滴る肉汁など気にせずに、
幼い頃食べた肉の味やにおいなど
遠い記憶をたぐり寄せ、
心の中で何度も何度も咀嚼しましたが、
結局実際に口にすることはありませんでした。
私は、肉を嬉々として食べる若い女が
たまらなく嫌いだったのです。

昔、直立二足歩行をする犬によって
首に縄をかけられ、
真っ裸で地べたを這いずり回る、
という8ミリ映画を撮りました。
肉を食べる・食べさせるという
優越性の転換です。

今日も私は、
目を閉じて、
詩人の身体が燃えていく様を
ゆっくりと味わいます。
幼い頃食べた肉の味やにおいを思い出し、
ゆっくりと咀嚼します。

けれどもやはり、
私は肉を食べることが出来ません。
肉は死です。
死体は、こわい。

私はその死に
責任を持つことなど出来ないのです。

棄てられた少女たちの懊悩の記録

【2022年11月27日　日曜日　眠17歳】

ベッドに横たわる眠《ねむ》が、
小学校中学校ととても苦しんだことを話してくれた。
泣きながら、小さな声で
「ママさん、少し抱きしめてもらっていいですか」
と言うので、胸がいっぱいになって、きつく抱きしめた。
眠が泣いた。
やっと、泣いた。
けれど、泣きながら「死にたい」と何度も言う。
その度に、「一緒に死のうか」という言葉を何度も何度も飲み込んだ。

【2022年11月30日　水曜日　眠17歳　花15歳】

クリニックでの診察が終わったのが19時すぎ。

仕事から真っ直ぐクリニックに来た私は、自転車を押して

眠は歩いたり走ったりして、

経堂から自宅まで約3・5㎞の道のりを歩いた。

眠の両眼から錯乱がなかなか消えない。

辛い道程だった。

「死にたい」「家に帰りたくない」

と延々と駄々をこねる眠をなだめて、

何とか自宅の駐輪場に着いた。

自転車をしまって後ろを見たら、

付いて来ているはずの、眠がいない。
アイスクリームの入ったレジ袋を玄関に放り込んで、
慌てて眠を探しに行くと、すぐに見つかった。
神社の裏道約50メートルの彼方にいた。
私の姿を見つけた眠が、少しずつこちらに歩いてくる。

私の中で何かが壊れた音がした。


近寄ってきた眠に言った。

「陸橋から飛び降りて一緒に死のう。」

すると、眠はキッパリと言った。

「やだ。」

「もうママも疲れたから。一緒に行こうよ。」

眠はもう一度「やだ。」とはっきり言って、先にスタスタ歩いて、家へ入っていった。

私はフラフラとした足取りで家に入ると、そのままトイレに直行して、便座に座り、声を押し殺して、激しく泣いた。

洗面所にいた花《はな》にすぐに見つかり、

「ママどうしたの!　大丈夫?」

と訊かれ、

「絶対言っちゃいけないことを言っちゃった。」

と泣きじゃくる私の涙を花が拭いてくれて、居間まで連れて行ってくれた。

居間では、眠が心配そうにこちらを見ていた。

「ごめんね、ひどいこと言って。」

と泣きながら眠に詫びた。

互いに涙を流して、赦し合って、きつく抱き締め合った。

いつの間にか、眠の両眼から錯乱が消えていた。
夜、添い寝をして寝かしつけた。
小さな頃から変わらない、あどけない寝顔だった。
長い一日だった。

【2022年12月1日　木曜日　眠17歳】
昼間、薬の影響でトロンとしている眠の頭を
ドライシャンプーして、
体を拭いて、
着替えを手伝う。
寝かしつけても、
すぐにうなされて「ママ、ママ」と呼ぶので、
その度に手を握って、抱き寄せて、頭を撫でる。

足がふらついて危ないので、
体を支えてトイレまで行く。
朝・昼・夕・就寝前に、薬を飲ませる。

【2022年12月2日　金曜日】
17時37分、自転車で陸橋通過。行きは、心も体も鉛のように重かったのに、帰りいつもと変わらない風景を見て、心が少し楽になる。この陸橋を通る度にあれほど苦しんでいたのに不思議だ。自転車を止めて、環七に連なる車のライトを撮った。映像作家とは思えない、手ぶれのひどい、へたくそな動画が撮れた。

【2022年12月3日　土曜日　眠17歳】
眠に付き添って、タクシーで経堂のクリニックまで。良い天気で、眠の調子も良さそう

だったので、帰りは電車で帰った。下北沢で、バナナとヨーグルトと、眠の箸を買った。箸は、えんじ色の猫柄のものを選んだ。「花さんの分も」と眠が言うので、花用に空色の猫柄の箸を選んで買った。

【2022年12月4日　日曜日　眠17歳　花15歳】

午前中から仕事。9時45分頃、陸橋通過。ケアマネとの連絡の行き違いで、30分も終了時間がオーバーしてしまう。イライラしながら、家族皆の昼用のお弁当を買って帰る。眠用に、冷麺を作る。疲れとイライラがなかなかおさまらない。そんな時、花が甘えて抱きついて来たのを、「疲れてるから。」と言って拒んでしまう。

少し時間が経ってから、花に「ママって、私のこと嫌い？」と訊かれる。

夕食後、花と近所のバーミヤンでお茶をした。その後、店を出て、緑道沿いを歩きながら話をした。花の「眠のことが好きだから、今の状況が悲しい」という、切実で優しい言葉に胸が打たれた。花が、「もう全員いったん母親の子宮に戻って、イチからやり直そうよ！」と明るく言うので、その明るさが余計悲しかった。月が綺麗だったので、二人で空を見上げて、スマホで撮った。

神社の境内を通った時、不意に強い風が吹いて、

黄色いイチョウの葉が、

花の細い体に降り注いだ。

美しかった。

私たちが帰宅すると、夕飯をあまり食べられなかった眠が1階に下りてきて、バーミヤンでテイクアウトしたごま団子と台湾カステラを食べた。眠と花が、彼女たちにしかわからない言葉で話して笑っている。久しぶりの眠の笑顔。眠と花が笑っている、ただそれだけで涙が溢れてきた。

夜、また眠が泣いていた。

「頭と体が動かない。」

「苦しくなかったときのことが、思い出せない。」

「頑張ってたのに全部無駄になってしまう。」

「このまま学校に行けなくて、仕事にも就けなかったらどうしよう。」

大丈夫だよ、と何度も繰り返して、泣き止むまでずっと背中をさすっていた。

眠を寝かしつけて、音楽を聴きながら仕事をした。

美しい音楽にまた涙が止まらなくなって、仕事がなかなか捗らなかった。

【2022年12月5日　月曜日　眠17歳　花15歳】

小雨の降る中、タクシーで眠と経堂のクリニックへ。

後部座席に寄りかかって、窓に雨粒がぶつかるのを、ぼんやりと眺めていた。

不意に、20年以上昔のことを思い出した。
あの日も私は、母が運転する車の後部座席に寄りかかって、
母の怒鳴り声をぼんやりと聞いていた。
何度目かの自殺未遂をして病院に担ぎ込まれ、処置を受けた、
その帰り道だった。
「もういい加減にしなさい！
そんなに死にたければ人に迷惑かけずに死になさい!!」
母はものすごく怒っていた。
けれど、その一方で、私の知らないところで
母が「由梨が死んでしまう」と取り乱して
泣きながら知人に電話をしていたことを、
随分後になって知った。

女手ひとつで姉と私と弟を育ててくれた
この世界にたった一人しかいない母親を、
こんな形で深く傷つけてしまった。
泣かせてしまった。
そんな自分を深く恥じた。
悔やんでも悔やみきれなかった。

クリニックに到着して、
また眠の両眼に錯乱の兆しが現れ始めた。
川畑《かわばた》先生が、頓服でコントミンを飲ませる。
眠の頭が上向きのまま硬直する。
首が引き攣って、眠が「痛い」と苦悶の表情を浮かべる。
眼球が不自然に向きを変え、体が強張り、
手や足が本人の意に反して動いていた。

初めて見る眠の姿だった。
先生が、アキネトンを飲ませる。
改善しない。
今度は、アキネトンを筋肉注射する。
約1時間後、ようやく落ち着いた。
もう辺りは暗かった。

家に帰ると、もうすぐ塾の時間の花が、のり弁と生春巻きを食べていた。私と野々歩《ののほ》さんは丼ものを、眠は消化の良さそうな月見うどんを出前して食べた。まだ物足りなそうな眠に、おしるこを作った。おしるこを作りたくて、あずきを数パック買ってあったのだ。「のどにおもちを詰まらせないようにね。」と言ったら、眠は「おいしい。」と言って食べていた。

夜22時近く、花が塾から帰ってきた。

雨で、全身びしょ濡れだった。

【2022年12月6日　火曜日　眠17歳　花15歳】

花の中学校で三者面談。いよいよ本格的な受験シーズン。担任の先生から内申点をお聞きする。5科目オール5で9科目でも44というほぼパーフェクトな数字だった。皆で喜ぶ。そのまま意気揚々と帰れたらよかったのだけど、野々歩さんの失言で一気に雰囲気が暗転する。帰り道、ほとんど話すことも無かった。家に一人で留守番している眠からメッセージが何通か来ていた。

花の歯が痛むので、夕飯はおじやにする。豆腐・えのき・ほうれん草・長芋のおじやと、タラのムニエルと、花が修学旅行のお土産に買ってくれたお漬物。

夕飯前、花と、猫用の部屋で話す。受験生の花に、家族全員の不調のしわ寄せが来ている。誰よりも家族全員の幸せを願っている花。このままでは花が壊れてしまう。真っ暗な部屋で「死にたい」「逃げたい」「誰か助けて」とうずくまって泣いている花を見て、心がビリビリに引き裂かれそうになる。

夜、眠と話す。私たちがいなかった間、「さみしかった」「不安だった」と泣いていた。「自分はこの家の厄介者だから、居なくなった方がいい。」「入院したら、パパさんもママさんも花さんも居なくなるから、さみしい。けど、治すためには入院しなきゃならない。」と言って泣いていた。

「二度とさみしい思いはさせないよ。」と言って、抱きしめて、背中をさすった。

眠と花が寝静まった後、階下へ。今度は落ち込む野々歩さんの隣に座る。野々歩さんのことも抱き締めて、背中をさする。「大丈夫、大丈夫」と言ったら、「ゆりっぺの滑舌悪い声を聞くと安心する」と言ってくれた。私がしっかりしなければ、と自分自身に言い聞かせる。

私は今までに1度だけ、
母に棄てられたことがあります。
小学校中学年のお正月のことでした。
離婚した父が突然やってきて、
食卓にドカンと座って、
私たちに
「白い皿を持って来い!!」
と怒鳴りました。
言われた通り持っていくと、
父は自分の髪の毛をビリビリ引き抜いて

白い皿の上に次々と載せました。そして、
「俺がどれだけ苦労しているのか、わかってるのか‼」
と怒鳴りました。
私も姉も弟も、怖くて何も言えませんでした。
すると、出かける準備をして、目を真っ赤にした母が、
姉→私→弟の順に玄関へ呼ぶのです。
「由梨」と呼ばれて玄関へ行くと、
目を真っ赤にした母が座っていて、
私を抱き寄せて、
「由梨ちゃんはかわいいから。
誰からも愛されるから。
大丈夫。大丈夫よ。」
と言って泣いていました。
私は、直感的に

「ああ、お母さんは、いなくなるんだな。
どこかに、死にに行くんだろうな。」
と思いました。
ちょうどその頃、親類にお金を騙しとられたり、
大変な出来事が次々と母に降り掛かっていたことを
私たちきょうだいも知っていましたから、
母が限界を感じて死にたくなるのも
無理はないと思っていました。
でも、母を失いたくありませんでした。
でも、なぜか「行かないで。」と言えませんでした。
私は、笑顔で弟と交代しました。
弟との話が終わってから、
母が「ちょっと出かけてきます。」と言って、
玄関のドアを出る音がしました。

そして、駐車場の母の車のエンジンがかかる音がしました。
私たちきょうだいは一斉に立ち上がりました。
そして、裸足のまま玄関を飛び出しました。
母の車の後を走って追いかけたけれど、
母の車は50メートル先のゴミ集積場の角を曲がって
やがて見えなくなりました。
私たちは家に戻りました。
そして、見つけたのが、
一人に1通ずつ残された、母の遺書でした。

今まで、私は、眠と花を何回棄てただろう。
眠と花が物心ついてからも自殺未遂を繰り返し、

「死にたい」という言葉を繰り返し、
その度に眠と花は、私という母親から棄てられたのだ。
いつ母親に棄てられるかわからない不安を抱えて
生きてきた眠と花のために、今、私ができること、
それが「甘え直し」「育て直し」なのだ。
泣きたい時には、思い切り泣かせてあげたい。
甘えたい時は、気が済むまで甘えさせてあげたい。
眠と花が幼い時に、そうさせてあげられなかったから。

きれいな言葉を並べるだけでは、
人の心を癒すことは出来ない。
大切なのは、綺麗事の一切を脱ぎ捨てて、
本気で相手と向かい合う覚悟なのだ。
肝心な部分をはぐらかさない。

そして、いつかのきれいな言葉が溢れる日常を取り戻せたら。

【2022年12月8日　木曜日　眠17歳　花15歳　私41歳】
仕事で中野へ。17時過ぎてようやく終わり、帰途。
夕食の後、眠と一緒に薬局へ行く。
台所用のハンドソープなどを買う。
帰り、遠回りして神社の境内へ。
眠の呼吸が不規則で荒くなる。
「誰もいないからマスク外しちゃおうよ」
そう言ってマスクを外したら、
冬の夜の冷気が顔全体に広がって、気持ちが良かった。
まだ呼吸が苦しそうな眠の手を握る。

眠が一瞬、はにかむように笑った。

私はもう、自分以外の誰かと肌を触れ合うことをためらわない。

「二度とさみしい思いはさせないよ。」と約束した。

私、強い母親になります。

RED

眠《ねむ》が可愛がっていたアメリカザリガニのザリ子が亡くなった。
赤いパーカーを着た眠が、
水槽の前でうずくまって泣いていた。
しばらくして野々歩《ののほ》さんが、
ひとしきり泣いた眠を促して
庭のネムノキの根元に、ザリ子を埋めた。
花屋で赤いパンジーを一株買って来て、
ザリ子の亡骸の上に、植えた。
眠は涙を流しながら、
懸命に、シャベルで土をかぶせていた。

12月13日。
下北沢で眠と買い物。
眼鏡屋で眠の眼鏡を直してもらい、
モスバーガーでポテトをテイクアウトした。
帰る途中、小さな雑貨屋に立ち寄って、
手作りのアクセサリーを見る。
赤い小さなバラのイヤリングを買う。
本物のバラを樹脂で固めたものだという。
眠と二人で「かわいいね。」と笑いあう。
その後、ドラッグストアへ。
金曜からの入院に備え、必要なものを買う。

12月16日、今日から入院。

出迎えた看護師に、荷物チェックをされる。
ドライヤー、手鏡、ガラス製の容器に入ったヘアオイル
「自殺の恐れがあるため」と返される。
別れ際、施錠されたガラス扉を隔てて、
手と手を合わせた。
さっきまで握っていた手の温もりが
未だ残っていて、急激に切なくなる。

12月17日。
世田谷代田での仕事を終えて、
自転車で病院へ向かった。
16時頃、到着。
本2冊（ピッピシリーズ）
クリスマス柄のチョコウェハース3枚

ベジタブル味のおっとっと
もなか3個
ヘアバンド
スリッパを差し入れる。
二重扉のさらに向こう側にいる眠に手を振ったら、
眠も手を振り返してくれた。
声も届かない。直接触れることも出来ない。
眠をここにひとり残して、
私が帰る姿を見せたくなかった。
けれど、どうすることも出来なくて、
出来るだけ自分の背中を見せないようにして、病棟を後にした。
病院の寂れた敷地内を、ひとりで歩く。
帰り道、眠から着信がある。
さみしい、つらい、と言って、泣いている。

そばにいてあげたい気持ちが募る。

帰宅後、花《はな》と野々歩さんと三人で夕食。

夜、久しぶりに自分で髪を洗った。

12月某日。
花が、今朝、眠が亡くなる夢を見て
泣いて目が覚めたという。

12月21日。

午前中、眠から着信がある。

「学校きちんと行けるから、ここから出して。」

と言って、泣いていていた。

自分のカウンセリングの前に病院に寄り、

もなかとボディシートを差し入れる。

心配したけれど、思ったより元気そうで安心する。

扉の向こうの眠と、メッセンジャーでやり取り。

「もなか持ってきたよ！」

と送ったら、嬉しそうに手を振っていた。

病院を後にして、経堂のクリニックへ。

今後の方針を話し合う。

「入院期間1ヶ月くらい。

クリスマス年末年始も病院で。」

夜、眠に電話して伝える。

小さな声で「がんばる。」と言ってくれた。

「ねむまろが頑張るんならママも頑張る。」

「毎日会いに行くよ。」

尖った爪で心が抉られるように、辛かった。

12月22日。
朝、冷たい雨が降る中、陸橋通過。
眠から「帰りたい」「ここから出して」
と泣いて電話。
仕事が終わる頃には、
空がきれいに晴れ上がっていた。
野々歩さんと合流して、病院へ。
扉を隔てて、メッセンジャーでやり取りする。
眠の病室からは、公園や電車が見えるらしい。
「きれいなんだよ。」と眠。
「今日は、看護師さんと一緒に散歩したよ。
敷地内にガチョウがいたんだよ。」
「寒くなかった？」

「大丈夫。赤のパーカー羽織ってたから。」

「赤のパーカー」


「赤のパーカー?」

「うん、赤のパーカー。」

「赤。」

「うん、赤。」

「赤。」

「赤。」

眠の涙
赤い涙
何もいない水槽はまだブクブクと音を立てていて

今月18歳になるというのに
余りにも幼すぎる眠の寝顔を見ながら
今、この詩を書いている、私。
2023年3月7日、深夜。

スヌーピーのトレーナーを着て、
ホットケーキが焼けるのを嬉しそうに待っている眠。
猫のサクラが見守る中、
洗い物をしたり、掃除機を掛けたり、
洗濯物をたたむのが上手くなった眠。

この春、徐々に学校での勉強を再開して、
眠の時間がまた動き出す。

私にとって春は苦手な季節だけれど、
3月は、別だ。
なぜって、それは
私の大切な、愛おしい人が生まれた月だから。
ザリ子は亡くなったけれど、眠はまだまだ生き続ける。

だから元気を出して。
前を向いて
時には立ち止まっていいから
休み休みでいいから
生きて　生きて　生きて。

片親パン

花の詩《はな》を書こうとして、花のことばかり考えている。
花の為なら、両腕を切り落とされてもいい。
命を捧げてもいい。
それなのに、なぜ私
朝早く、起きられない。
普通だったら、他の誰よりも早く起きて、
炊き立てのご飯
具沢山の味噌汁
卵焼き
焼き魚　なんかを食卓に並べて、

食べ終わったら、
「いってらっしゃい」と言って学校へ送り出すのに
できない。
朝早く、起きられない。
大抵の人が普通にこなしていることが、
できない。
だらしない親。
夢うつつに、花が玄関のドアを開く音がして、
慌てて「いってらっしゃい！」
と声を張り上げるのだけど、
私の声は、花の無言に吸い込まれて
あっという間に消えて無くなる。

けれど、ごく稀に、
花のお友達が家にお泊まりする時は、
花に恥をかかせまいと、
誰よりも早く起きて朝ごはんの用意をする。
サラダ
トースト
スクランブルエッグとベーコンの焼いたの
フルーツ　を
ワンプレートにきれいに盛り付ける。
なぜ、こういう時は早く起きられるんだろう。
自分が恥をかきたくないから？

たまにお弁当のある日は
早く起きて

冷食だらけのお弁当を作る。

花の中学校では
「早寝・早起き・朝ごはんカード」を書く習慣があった。
ある1週間をピックアップして、
何時に寝たか　何時に起きたか
朝食に何を食べたか、を
記録するという。
各々1週間分記録したところで
保護者からの一言コメントを書く欄がある。
震える手でピンク色の表紙のカードを開く。

×（何も食べていない）

×

いちご蒸しパン
×
コッペパン
×

毎朝無言で家を出る花の後ろ姿を想像して、
「これは何とかしないと」と思って、
フレンチトーストを作ってみたり
炊き立てのごはんと味噌汁にしてみたりもしたけれど
続かない。

たまに家族旅行へ行くと、

「旅館で出る朝ごはんがすごく楽しみ。」

と花は喜び、

以前、花が起立性調節障害の疑いで検査入院した時は、

「ママ、病院食って、おいしいよね。」

と笑顔の花がいた。

ある日「塾があるから、夕飯18時で。」
と花に言われたのに、
出来たのが18時15分だったことがあった。
「食べてたら遅れるから、いらない。」
そう言って花は勢いよく出ていって、
私は、作ったうどんを捨てた。
自分の分も、捨てた。
「花が空腹を堪えて塾へ行ったのに、
私がのうのうと食べていては、いけないと思った」からだ。
本当にめんどくさい親。

昼食は、小学校・中学校の給食に助けられ、
いよいよ夕食、私の出番だ。
とにかく野菜をたくさん食べさせたい。

お正月のお餅がたくさん残っていたので、
お雑煮を作った。
鶏肉（脂身はきれいに取る）
にんじん、大根（両方とも皮付きのままイチョウ切り）
ぶなしめじ、ごぼう、ほうれん草
ザンゲの気持ちを込めて、
野菜を　ザク　ザク　ザク　と切る。

ブラウンシチューは、

玉ねぎを多めにスライスしてよく炒める。
にんじんは、やはり皮付きのままイチョウ切り。
それにたくさんのキノコ類（エリンギ、ぶなしめじ、エノキ）と
豚肉の薄切り、ブロッコリーを入れる。
1日目は、生協の塩バターパンと一緒に食べ、
2日目は、ご飯にかけて食べる。

他によく作るのがピーマンの肉詰めと
アスパラ（またはインゲン）のベーコン巻き、
タラと玉ねぎとじゃがいもとブロッコリーのホイル焼き　など。

それで、たまに見栄えの良い食事が出来上がると、
すかさずスマホで写真を撮って、
インスタグラムにアップ。

「私きちんとやってます」アピールは欠かさない。


こんな母親で、ごめんなさい。

これでも、あなたは私を良い母親だと思いますか？

こんな母親でも、花は
「ママ、絶対死んじゃダメだよ。」

「ママが死んだら、遺灰食べるからね。」

と言って抱きしめてくれます。

疲れ切った私を、あの手この手で笑わせてくれます。

仕事の合間に美味しいケーキを食べると、
真っ先に頭に浮かぶのは、眠《ねむ》と花。
ふたりに食べさせたいと思うのです。

子供がお腹を空かせるのは、何よりも辛い。

それなのに、なぜ
なぜ私は、朝早く起きられないの？

幸せな結末

仕事に疲れて、
帰宅してベッドに倒れ込んだ。
体の震えが止まらない。
目を閉じて、少し眠ろうとしたけれど、
あの人や
あの人の取り巻きの幻影にうなされて
呼吸が苦しくなる。
朧気な意識の中、
不意に赤ん坊の頃の花《はな》を思い出した。
私の腕に抱かれて

お乳を飲んで
私の顔をじっと見つめていた。
両腕にかかる花の重みや温かさ。
ほんのり香る、甘い乳の匂いに包まれて
私たちは幸せだった。

それから15年経って、
家の中から外へ
徐々に軸足を移し、
私に背を向けて離れていく花。
あれは去年の暮れのことだった。
夜22時を過ぎて
雨でびしょ濡れになって
塾から帰ってきた花の、

私の不甲斐なさを射抜くような目。
親としての嘘やごまかしを一切許さない
真っ直ぐな目。

まだ、ママを置いて行かないで。
冷たい言葉で遠ざけないでほしい。

そんな私の自分勝手な気持ちを
全身で振り払うように花は、
私の知らない世界へと
スピードを上げてゆく。

２０２３年3月20日、晴天。

花の中学校の卒業式だった。
受付を済ますと、
生徒一人一人が保護者に宛てて書いた
手紙を渡された。
席に座って、早速封を切った。
そこには、
15歳の激しい怒りと
早すぎる諦念と
精一杯の優しさと
訣別の言葉が、あった。
一度読み、二度読み、
三度目読んだところで涙が止まらなくなり、
読むのをやめた。
親として、

花の孤独や苦しみに
きちんと向き合って来なかったこと。
私には泣く資格も無い。
一度言った／書いた言葉は簡単に消せない。
一度傷付いた心は簡単に癒えるものじゃない。
けれど花は、深く傷付いてもなお
私たちが「家族」でいることを、諦めなかった。

卒業式から数日経って、
花からの手紙を読み直した。
そこには、
たくさんの花の優しさが、あった。
私たちが置かれている困難な状況を
何とか理解し、

受け入れようと苦しんだ花の姿が、あった。

「幸せになってください。」

「200年、生きてください。」

「これからまた200年、よろしく。」

そう書いてあった。

今から約16年前、
産婦人科で
「出産予定日は10月22日ですよ。」
と告げられた時、
10月22日生まれのママは、
その狂った頭で
「ついに私が私を殺しにくる」

って勝手に思い込んで、
生まれてくるあなたに恐れ慄いた。
結局その年の10月11日に生まれたのは
かわいい目をした愛くるしいあなたで、
あまりにも可愛かったから
ベビーベッドには寝かせず、
ママのお布団に入れて
寄り添いあって冬の寒さをしのいだ。

それから15年。
ごめん、
ママは、未だ良い母親になれずにいます。

けれど、もし許してくれるのなら、

ひとつお願いしても良いかな。
いつか、「その日」「その時」が来たら
スマホの電源を落として
パパと眠と花に見守られて
静かに旅立ちたい。
陸橋から飛び降りて
車に轢かれて
ぐちゃぐちゃの死体になりたいとは
もう思わない。
最後に思い出すのは、きっと
パパと初めて手を繋いだ
２００２年のクリスマスイブのこと。
パパ手作りの銀の結婚指輪をして、
パパとママの二人で

渋谷区役所へ婚姻届を出しに行った時のこと。
そして何より、
生まれたばかりの眠と花を胸に抱いた時のこと。

今日は骨盤がバラバラになって、
ひとりのヒトを産む夢を見たよ。
それは、産まれ直したママ自身かもしれない。

「200年、生きてください。」
そうあなたは言った。
200年経っても、
忘れたくない。
忘れてほしくない。
私たちが家族だったこと。

Yuri Muraoka / 村岡由梨 @YuriMuraoka · 2023年2月26日 ···

2023年2月26日日曜日18:10。仕事が終わって空を見たら星が光っていた。自分の現在位置がわからない。いつもそうだ。けれど今日の私は、いま自分が帰るべき場所がどこなのかをはっきりと自覚している。それがどれだけ幸せなことなのかも。あちこちから夕飯の支度をする音が聴こえる。一日の終わり。

1 3 44 3,122

汚れた水

深夜、とあるマンションの屋上から
大量の薬物や、アルコールで
恐怖を紛らわせた少女たちが
手と手を繋ぎ、
「せーの」で後ろ向きに飛び降りた。
大人たちの欲望で
びしょびしょに汚れた体から
解き放たれた。

落下する途中、
夜泣きする赤ちゃんを懸命にあやす女性が見えた。
川の字で眠る親子が見えた。
寝転がってスマホを見ている女の子が見えた。
私がいた。
私がいた。
私たちがいた。

ドサッ

あともう少し待てば夜が明けるのに
朝焼けの美しさを知らないまま
少女たちは

グシャ

水分を含んだ音が飛び散った。

少女たちの時間は永遠に止まった。


そして世界は、急速に動き始める。

「女子高生　飛び降り」

「顔」「名前」「自殺配信」

「動画」「拡散」「理由」「YouTuber」「ネグレクト」

「現場写真見たい人、手あげて」

まるで少女たちが死ぬのを
待ち望んでいたかのように。

夜、消灯して、
暗闇の中、スマホで何度も再生する。
「こわい。」と言って
飛び降りるのを躊躇う少女たちの声を
何度も聞く。
こわい
こわい
こわい

せーの

ドサッ
グシャ

ドサッ
グシャ

17歳の少女たちに、41歳の自分を重ね合わせる。
陸橋の金網越しに、
車が行き交う環状七号線をぼんやりと見つめる私。
少女たちに「死んではダメ」「未来は明るい」と
言う資格があるだろうか。
彼女たちから唯一の逃げ道を奪う資格が、私に

どこまで行っても噛み合わない、世界と私。
自分を取り巻く
たくさんのこわいものから逃げるために、
いっぱい薬を飲んだ。

死んでしまえと
自分を痛めつけて　痛めつけて
でも死ねなかった。
いっぱい飲んでも死ねなかった。
伝わらなかった。

どうすれば、私の中にある「ほんとう」が
あなたに伝わるの
わかってもらえるの

最後の一滴の気持ちを言葉にできずに、
どしゃぶりの中　自転車を
漕いで　漕いで
濡れた髪が顔にまとわりついて

顔中を掻きむしりたくて
涙は大雨にかき消されて、
「きれい」と「汚い」の狭間で
右往左往する私に
「自分を四捨五入してみたらどう?」と
15歳の花《はな》はアドバイスしてくれたけれど、
いつまでも割り切れない気持ちを抱えた私は

「花ちゃんなんか、死ねばいい。」
そう私に言われる夢を見たと言って、花が
泣きながら起きてきた。
「そんなこと言うはずない。」
そう言って、花の
細くて柔らかい体を抱きしめた。

「ママが癌で死んじゃう夢を見た。」
と言って、泣いてまた目を覚ました花を、
「そんなことないよ。」と言って笑って励ました。
花の両眼から、きれいな水が零れ落ちる。
「どうすれば、わたしの中にある『ほんとう』が
ママに伝わるの
わかってもらえるの。」

夜が明ける
「嘘つき。」
朝焼けの美しさ
「嘘つき。」

嘘つき
嘘つき
嘘つき

世界はどうしようもなく汚いし、私も汚い。
大量の薬物で汚れきった私の体。
糸を引き、悪臭漂う性欲に
びしょびしょにされた私の心。
耳をつんざくような痛みに、魂が引き裂かれる。
今からでも、私は
再び誰かの喉を潤せるような人間になれますか。
精神科から処方された薬を、
日に何度も飲んで、
消毒されたきれいな水になりますから。

夜が明ける前に、解き放たれたい。

彼女たちみたいに、私も死ねたらいいのにな。

陸橋の上で逡巡する私の「ほんとう」は
いつだって誰かを傷つける。

今日も花は泣いて目を覚ます。

花の両眼から、きれいな水が零れ落ちる。

「もう死なないって約束したじゃん。」

「わたしたちを残して逝かないって約束したじゃん。」

「ママの嘘つき。」

嘘つき
嘘つき

ランテルディⅢ

隣に眠る野々歩《ののほ》さんの寝顔を見て、
結婚前、真冬の寒い夜に
二人でよく散歩していたことを思い出す。
有刺鉄線を飛び越えて、夜の公園に忍び込み、
はらはらとこぼれ落ちる枯れ葉に
両手を大きく広げて喜ぶ私を、
縁の黒いGジャンのポケットに両手を突っ込んで
2、3メートル離れた場所から見ていた野々歩さん。
まるで父親のような、父親でないような、
嬉しそうな、でもどこか悲しそうに

何か言いたげな顔をして。
野々歩さん、あの時何を言おうとしていたの？

そして今、私が仕事に疲れてベッドでウトウトしていると、
野々歩さんが私の顔をのぞき込んでいるのがわかる。
しばらくして、私にタオルケットをかけてくれて、
私はそのまま寝落ちしてしまったのだけど、
その日、野々歩さんが遠ざかっていく悲しい夢を見た。

自営業だから、
私が現場へ出ている時以外は、いつも一緒にいる。
最近は作品を作っている時もほとんど一緒で、
寝ても覚めても食事の時もお風呂も一緒だけれど、
決して飽きることはない。

もう少し若い頃は、
野々歩さんが私の頬をひっぱたいたことがあったし、
私が野々歩さんの腕にガブリと噛みついたこともあったけれど、
今はほとんど口喧嘩もしない。
お互い白髪が増えて、
指は節くれ立って太くなって、
せっかく野々歩さんが作ってくれた結婚指輪も
左手の中指に入らなくなった。
長い髪をなびかせる私と、飼っていた犬と、鳥と、
太陽と月が彫られた銀の指輪。
私の自慢の指輪。

二人の娘たちに恵まれて、
いつか離れていってしまう彼女たちを思い、

おそらく私たちより早く亡くなってしまう
かわいい三匹の猫たちのことを思うと、
幸せとは、こんなにも早く過ぎ去るものだったのかと
もう一度家族になるために、
何度でもやり直せると思っていたのに。

人を愛することは、
痛く　辛く　苦しく　儚い。
そして、時に無力だ。
世界の隅っこにこびりついたささやかな幸せでさえ、
いとも簡単に蹂躙されてしまう。
人生何が起こるかわからないけれど、
野々歩さんほど私を愛してくれる人も
私がこれほどまでに愛する人も

この先、絶対に現れない。
いつ伝えられなくなるかわからないから、
伝えたい気持ちを、いま、言葉にしよう。
世間の大半の人たちからしてみれば、
どうでもいいような、些細な気持ちを「いま」言葉に。

たとえ、あなたがヒトではなく、
鳥であっても
椅子の脚であったとしても、
こうしてまた、ひとつに結ばれたい。
たとえ戦火に巻き込まれて
離ればなれになったとしても、

必ず最後はあなたに辿り着く。
だから私を信じて。待っていて。
そして聴かせてください。
あの冬の夜、私に言おうとした言葉を。

一本足の少女

透析のクリニックの、やけに白い待合室で
一本足の、灰色の男を見かけた。

私は、全盲のおじいさんの車椅子を押して
待合室に入ったばかりだった。
人たちは皆うつむき加減で
テレビから聴こえてくる笑い声にじっと耐え、
迎えの車が来るのを待っていた。

翌々日も、同じような時間に同じ場所で

その男を見かけた。
男は、迎えが来るのを、じっと待っていた。
私は、男の見えない足を、じっと見ていた。
見てはいけないものを、見ていた。
異形の人から目が離せなかった。
その傷跡を想像して、
惹かれずにはいられなかった。

凍えるように冷たく白いこの待合室《せかい》で
私たちは皆、灰色の死のヴェールを纏って、
遅かれ早かれ終わりはやってくるのに。

私たちはなぜ出会い、
なぜこんなにも生き急いでしまうのだろう。

そんな諦めにも似た悲しい詩のようなものを
私は何度も心の中で反芻していた。

やがて一本足の男を見かけることはなくなった。

その日、私はまた、待合室でテレビを観ていた。
昼のニュース番組だった。
灰色の瓦礫の山の前に、
片足を失った少女が立っていた。
片足だけでなく、親も兄弟も住む家も無くしたという。
泣き腫らした、燃え尽きたように黒い瞳が
怯む私を突き離して、遠くを見ていた。

一本の松葉杖にしか頼る術のない
不安定にグラグラ揺れる世界が、そこにはあった。

決して目を背けてはいけないものから
目を背けて逃げた私は、また
真っ赤に燃える待合室《せかい》にいた。
そこには、体のあちこちが欠損し
灰色のヴェールを身に纏った異形の人々と、
高さ2メートルほどの
巨大で瑞々しい蕾が二つ、あった。

白く燃える蕾が苦しそうに身を捩って花開くと
右足を失った18歳の眠《ねむ》がいた。
足元には猫のサクラが寄り添って

じっと前を見据えて
死にたい自分と、闘っていた。

切り裂くような悲鳴をあげて赤い蕾が開くと
左足を失った16歳の花《はな》がいた。
靴も履かずに、花は
割れた手鏡の破片で血を流しながら、
背筋をピンと伸ばして
昔の自分と、闘っていた。

眠は、使い古したクロッキー帳と鉛筆で、
花は、痛みと引き換えに手に入れた
スネークアイズとスネークバイツで武装して、
自分達を食い潰そうとしている世界と闘っていた。

時には一方に無い右足になって、
時には一方に無い左足になって、
グラグラ　グラグラ　グラグラと
不安定に
沸騰する
世界

世界と少女たちは互いの肉体や精神を食い千切ろうと、
ギリギリの均衡を保って屹立している。
彼女たちの射抜くような視線の先にいるのは
もはや私なんかじゃない。

彼女たちは怒り、叫び、

自分たちを縛り続ける全てに抵抗する。
赤い待合室の壁にヒビが入る。
もう間も無く迎えの車が来る。
目的地はどこだろう。
私には決して行き先を告げず
彼女たちは叫び続ける。
この世界が壊れるまで。

一本の赤いガーベラ

私は、屠殺されるのを待つ無力な豚だった。
逆さまに吊られ
頸動脈にナイフを突き刺され
大量の血飛沫が噴き出す音を聞きながら
失血死させられた。
そしていくつもの肉塊に捌かれて、
真空パックされるような息苦しさで目が覚めた。

花《はな》が深夜、陸橋から飛び降り自殺する夢を見たのだった。
制服姿の花。おかっぱ頭の可愛い花。
橋の欄干に座って、足をブラブラさせて
笑っていた。久しぶりに見る花の笑顔だった。

「お願いだから。」「死なないで。」
そう言って私は手を伸ばして
二言三言、慎重に言葉を選んだけれども、
正論だけの言葉もいつか尽きて無くなり、
私たちは不器用な沈黙に陥った。

泣いても誰も助けてくれない。
言葉を発しても、誰も耳を傾けてくれない。

どうせ誰も分かってくれない。
そう言って花は、
永遠に手の届かない場所に行ってしまった。

夢から醒めても尚、私はただの肉塊だった。
君は不機嫌な少女だった。
どうか私を食べて。
かつて君が私の一部だったみたいに、
私も君の一部になりたい。
君の片隅に、いさせてよ。

「あなたは強い人だから。」なんて言わないで。
私はビョーキで、強くもなく、優秀でもない。
人に依拠しなければ生きていけない。
いつでも誰かに頼りたいし、助けてほしい。

こんなことを言う母親を軽蔑しますか？

毎日、学校から帰ってきた君が脱ぎ捨てたローファーを
いつも同じに揃えてた。
踵は家に向くように。つま先は外に向くように。
雨の日も晴れた日も
家が君の出発点であって欲しかったから。

この前、自宅近くの駅で飛び込み自殺があった。
嫌な予感がして
ものすごい数の野次馬を押し分けて行った。

花ではなかった。
男性か女性かもわからない肉塊が、
青いビニールシートに包まれていた。

その夜、何事もなかったように
街は動き出していて
一人の少女が事故現場に佇んでいた。
少女は一本の赤いガーベラを手向けて踵を返し、

自分のいるべき場所　会いたい人がいる場所へ、
走り出していった。

祈り

「ママさん…ママさんは近いのに遠いね。」

「そう？」

「うん、近いのに遠い。」

「そっか…」

†

「ママ、返信しないなら既読にしないで。
余計悲しくなるから」

村岡由梨

１９８１年生まれ。映像作家。

『透明な私』（２０２０）で第67回オーバーハウゼン国際短編映画祭グランプリ受賞。

２０１８年より詩作を始め、第一詩集『眠れる花』（２０２１）で中原中也賞候補、

第72回Ｈ氏賞候補。２児の母。

一本足の少女

二〇二四年一一月二五日　発行

著　者　村岡由梨
装幀組版　倉本修装幀事務所＋山響堂pro.
発行者　後藤聖子
発行所　七 月 堂
〒一五四－〇〇二一　東京都世田谷区豪徳寺一－二－七
電話　〇三－六八〇四－四七八八
FAX　〇三－六八〇四－四七八七

印刷製本　モリモト印刷

ISBN 978-4-87944-580-3 C0092